AF355136

En verano florecen los hibiscos

Paulina Villar Fincheira

Editorial
Cofradía

Sobre la autora

Paulina Villar Fincheira nació en Rancagua en 1991. Doctora en Bioquímica de la Universidad de Chile, ha publicado varios artículos científicos en revistas indexadas como Cell Death Disease, Frontiers in Physiology y Molecular Biosciences. Filósofa y soñadora; luego de terminar su doctorado comenzó a editar sus escritos de poesía dando origen a sus publicaciones: En verano florecen los hibiscos (2022), Las espinas de las rosas (2022), Violetas violentas (2022), El girasol del caracol (2023), y El ramo de flores.

Dedicado a mi pasado.
Dedicado a mis ilusiones.
A mis sentimientos y pasiones.

Índice

Cuando despierto

Cuando despierto cerca de tus labios,
amanezco rodeada de flores,
exploro travesaños marrones,
y extiendo mis forajidos brazos.

Cuando despierto bajo tu regazo,
me embriago del aroma de tus venas,
envuelta en sangre ligera,
me elevo hasta la emergente cordillera.

Retorno a la orilla de la marea,
cuando despierto mirando el azul de tus
ojos,
la vida me parece una delicia,
perdida entre tus suaves sonrojos.

Me vuelvo una perversa soñadora,
al despertar aferrada a tu ombligo,
las olas enternecen mi sonido,
convertida en un manso animal dormido.

Y yo que soy una mujer sencilla,
aquí escribiendo prosas rosas,
me dejo llevar por la divinidad del clima,
cuando despierto viendo tu sonrisa
hermosa.

Y de pronto un insignificante ruido,
me devuelve al punto del universo,
en donde el despertar contigo,
solo fue parte de este dulce verso.

Hierba y soledad

¿Qué será lo que siente un solitario?
enfrentado al sepultural abismo,
caminando entre tumbas a diario,
transformándose en un escalofrío.

¿Qué será lo que alimenta su alma?
al amanecer con su lecho vacío,
al encontrarse solo entre amoríos,
desvelando cuerpos y más cuerpos
sombríos.

¿Qué sentirá al andar por el sendero?
de aquellos que no son bienvenidos,
entre risas y frías morisquetas,
entre tantas tristes siluetas.

Prendiendo lentamente su pipa,
descubre que el universo es solo una
variante,
de la singularidad de las letras,
de la maniobra del sinuoso caminante.

Sumergido en el privilegio del silencio,
carcajadas aparecen de las flores,
regalando calidez a sus temores,
divirtiendo a esos falsos amores.

En tu ausencia se volvió un solitario,
perdido en la fugacidad del espacio,
la inmensidad tranquiliza sus pasos,
imaginando,
pensando,
quemando.

Posibilidad

Dulzura de ojos tristes
solo dame una certera señal,
y abordo esta misma noche,
ya no quiero vacilar.

El vaivén que te recorre,
enloquece mi pensar;
espero que no te asuste la posibilidad,
de que un día tu y yo podamos naufragar.

Y aunque la niebla que aparece
a veces ciegue nuestro monte,
miro firme al horizonte,
esperando que algún día
nuestros destinos se puedan fusionar.

Aguardando en la tenue brisa,
soñando con tus caricias,
con ganarme tus codicias,
me quedo sentada frente al mar.

Contemplando en mi escritura,
espero alguna posibilidad,
algún sello, algún sonido,
algo por donde empezar a buscar.

*O quedarnos solo como amigos
pero cerca, porque no te quiero soltar;
si amaneces y necesitas abrigo,
no dudes que aquí voy a estar.*

*A punto de finalizar el rumbo,
quiero ser todo tu mundo,
lo que sueñas,
lo que deseas cuando despiertas,
quiero ser tu posibilidad.*

Demasiado lejos

Como una especie de catarsis,
una visión, una sensación, un temblor en mi
interior;
el mundo se detuvo por un instante,
de indeterminable duración.

Una experiencia intensamente extraña,
y yo demasiado lejos de ti,
demasiada distancia entre nuestros rostros,
demasiados kilómetros presionando sobre
mí.

En el fondo sabía que no te vería pronto,
también pensé que te perdí,
explotando en sofocantes sollozos,
sentí miedo esa noche desaparecí.

Intenté contactarme por las redes,
y mi energía estalló en frenesí,
dañando los instrumentos materiales,
que me comunicaban y acercaban a ti.

Desesperada por encontrarme con tus ojos,
recuerdo el día en que te conocí,
y la calma que cubría tus manojos,
y la seguridad que a tu lado concebí.

Regresa por favor, que ya no soporto,
el no besarte hasta que sangren nuestros
cantos,
cubrirme de tu amarillo manto,
y dejar de ahogarme en tanto llanto.

Dejando atrás la incredibilidad y el orgullo,
ojalá pudieras entender mi inconsciente,
yo siempre fui tan franca y tan valiente,
y tú siempre tan frío e indiferente.

Y aunque ambos seamos unos celosos,
el no estar a tu lado tiene más destrozos,
me tortura imaginarte en otros brazos,
en otros que tal vez para ti sean más
hermosos.

Comencemos de nuevo mi amor, sin
grandes trucos,
y así no me vuelvo una demente,
sin respuestas, sin señales aparentes,
intentado descifrar los acertijos
que emanan de las grietas de mi frente.

*Dime cómo podría volver a ellos después
de ti,
después de tener todo lo que quiero en una
persona.
Dime cómo crees que podría arruinarlo,
después de haberte esperado y llorado
tanto.*

*Y quizás fui yo quien lo arruinó de alguna
manera,
me odio y reprocho por eso cada día;
la vida sin ti es una triste agonía,
quiero que sepas que te espero todavía.*

Mis amigas las rimas

Mis amigas las rimas
son mis suaves melodías,
son también mi mejor compañía,
cuando aparece el ocaso entre mis manías.

Para ti soy hierba brava,
una frase escrita en la pared;
letras celestes, lealtades influyentes,
de semblantes que no puedo reconocer.

Desde el fuego y la pasión,
entre colores y ritmos;
prendo la vela de la virtud,
y la llama ilumina mis vitales signos.

Enloquecida por las amarras,
enredada entre las nueces;
dejo atrás mis otros nombres,
y la forma en que me llamé a veces.

Mis amigas las rimas
siempre me dan sencillez,
me alegran mis vertiginosos sueños,
espantando fantasías que amenazan mi
lucidez.

La esperanza y la frescura
de amanecer continuamente diferente,
un ser en busca del océano,
un ser volando a través del viento,
al encuentro de su florecer.

Lleno de amores, lleno de gente,
de mentes con numeroso temple;
espero hallar un lugar distinto,
donde poder caminar libremente.

Estoy leyendo estas rimas en el presente,
por eso pueden sonar un poco diversas;
aspiro día a día a ser mejor en mis destrezas,
el agua siempre muestra mis sabias
fortalezas.

Lo que provoca mi existencia

Lo que provoca mi existencia,
y la forma sutil con la que bailo al sol,
infinidades de emociones,
y yo buscando un poquito de amor.

Lo que provoco cuando existo,
una especie de molestia por mi brillo,
el no poder enredarse con mis hilos,
o quizás solo son caprichos de mi
imaginación.

Lo que provoca cuando hablo,
o la inseguridad que genera mi presencia,
y yo que solo estoy en búsqueda de
clemencia,
me refugio tranquila en inocencia.

Una inocencia que no me desee,
una que no me juzgue ni me pueda herir;
una a la que no le importen mis poderes,
y con la cual poder solo fluir.

Fluyendo entre almas vecinas,
entre aquellas que no me ambicionen,
prefiero complacer o agradar por montones,
para que no me odien mis amigas las rimas.

Lo que provoca mi loca risa,
cuando no encaja entre tantas directrices,
de verme como una recia competencia,
siendo yo una tan honesta promesa.

Lo que provocan mis sensuales movimientos,
cuando camino acompañada del viento,
cuando los espejos me reflejan las caricias,
cuando humanos brotan en malicias.

Y el derecho que creen tener sobre mi templo,
de opinar sobre como calzo y visto;
de mis gestos, de mis festejos,
de cuanta piel revelo lento.

Y ya no sé cómo vivir en comunidad serena,
me ilusiono con la idea de ver las estrellas,
para que la energía de la masa no me destruya,
o su lava me queme como Pompeya.

La hostilidad de sus palabras me choca,
por creer que mi presencia les quitará su
interacción,
su conexión con alguien que las escucha,
como si ladrona fuera mi profesión.

Me sofoco rodeada de binomios,
y así me vuelvo más solitaria y corriente,
bien lejos de toda esa gente,
lejos de la rabia y la envidia
que provocan la blancura de mis dientes.

Alejada de las apariencias
en un lugar tranquilo donde escribir mis
aristas,
espero alcanzar el punto de la vista,
donde solo el amor exista.

Ámsterdam

La idea del amor y del romanticismo,
la culpa y el remordimiento por el atractivo.
Una energía gravitacional inmensa,
atrayéndome al precipicio
sin darme ni siquiera cuenta.

Ideal de protección y apego,
la voluntad para que funcione,
la filosofía de vivir la vida alegremente,
la amistad, la traición y la muerte.

¿Qué crees que hay después de esto?
¿Qué es lo que esperas y quieres de mí?
Si me dices cuales son todos tus pretextos,
los materializaré para ti.

Dime qué le saco y doy al mundo para que
seas feliz,
o mejor si quieres nos vamos lejos de aquí,
te lleno de diversión y aventuras,
y alejo todo ese caos de ti.

Quiero ser la creadora de tus delirios,
ahuyentando los miedos de ti;
la calidez de mis besos te hará feliz,
solo tienes que decir que sí.

Camuflada entre almas amigas,
quería que me tomarás y nunca soltaras,
pero ese día tampoco llegaste,
ese día tampoco me arropaste.

Será que ya eres libre,
será que ya eres feliz;
rogué por estar contigo esa noche,
lloré al encontrarme en la cuidad perdida
sin ti.

¿Esta es la forma en la que voy a morir?
Lejos del amor,
lejos de tu enojo, detallismo y cariño,
ensuciada y sin aliño.

Y luego las revelaciones,
vi a mi ancestro en el reflejo de tus ojos,
un silbido intentando que lo mirara,
que lo encontrara y me lo llevara.

Arriba de su moto perseguido por sucios
demonios,
tenía que decidir,
y en ese momento,
escogí la idea de estar junto a ti.

O escogí seguir creyendo,
en la versión del amor que creí natural,
leal e incondicional,
prácticamente anormal.

Dejando que tu acento me guiara,
hubiese dado todo por mis alas,
deseando sumergirme en fría escarcha,
y en la tranquilidad que mi cuerpo
añoraba.

Me advertiste de las ratas,
y amparada por amigos turcos,
con un encaje de amarguras,
pude danzar segura, sin armaduras.

Mi energía, una influencia,
muchos me desearon,
algunos incluso me compraron,
sin mi consentimiento,
como si no tuviera nada dentro,
como si nada ya importara.

En la torre de babel
con todos pidiéndose un turno,
la tristeza me invadió en el purgatorio,
y se quemaron como finas ataduras,
mis impulsos convertidos en amonios.

Demonios

Una incomodidad,
algo que te inquieta dentro;
amarrado a la pena y la frustración,
tiempos grises de amargas hierbas,
a veces nublan mi juicio y mi visión.

Abrazar los demonios y hacerlos parte de ti,
para después sacarlos y quemarlos,
extrayendo todo el alquitrán impregnado,
que hace tiempo me venía molestando.

Voces retumbando por dentro,
dejándome culpa, miedo y pereza,
y aquella sensación de tristeza,
que no logro expresar con fundamentos.

Al no poder controlar mi propia existencia,
rechazo los sentimientos y todo lo que me
hace humana,
rechazo mis cadenas,
las normas tempranas,
y lo que me cierra tan fuerte las ventanas.

Y cuando el vaso de agua se rebalsa,
la ira emerge desde la montaña,
a veces me encuentro perdida en
telarañas,
a veces se me olvida soltar las amarras.

Odio, ira, envidia,
ojos observando,
luego llega la vergüenza,
y me quedo atenta escuchando.

Vergüenza de mi reacción,
vergüenza de mi sensibilidad,
de mi forma de andar por ahí,
y de no tener un lugar a donde ir.

Escondido detrás de inseguridades y
abandono,
aparece el desprecio,
esperando la oportunidad eficaz,
de meterse entre mis entrañas
en algún descuido voraz.

*Entre manantiales aparece el miedo
por la forma en que me confiesas,
que siempre me tuviste presa,
atada,
y eso me dejó cansada,
agotada,
malhumorada,
y endemoniada.*

La despedida

Sin mirar atrás,
sin vacilar,
te digo adiós,
demasiadas vueltas generan confusión.

El rocío humedece mis espinas,
y mis ansias tapan el sol,
ya no sé lo que te imaginas,
ni lo que crees que fue que pasó.

Nuestro rumbo dejando el peso,
quiero saber qué hace temblar al ciclón,
que perturba mi sed desmedida.
¿Qué fue lo que ocasionó el remezón?

Voy a echar a volar en silencio,
voy a buscar en mi sien,
me voy a despedir sin desprecio,
mientras menos sepas de mi piel.

Y mientras valga aquel momento,
sumergida en azúcar y miel,
está mi voz paralizada,
congelada, detenida frente al riel.

Despidiendo mi pasado sombrío,
un fusil aparece entre la hierba,
me frena y te aleja,
arrancando una por una todas mis malezas.

Y yo que pasé por tanta tristeza,
me voy a despedir también de ella,
la desplazo al precipicio
y me quedo firme en el piso,
forjando de nuevo mi ser.

Y continúo con lo que tengo,
sacudo todo lo malo que en mí había,
para ver si ahora al final del cuento,
me despido también de la lejanía.

Calmada

Calmada y concentrada,
firme como una montaña,
inquebrantable, indestructible,
construyendo mi forma de hablar y soñar,
resplandeciendo en luz solar.

Descifrando lo que va pensando mi mente,
los cambios, la adaptación,
oportunidades se me presentan lentamente,
porque hay amor en mi corazón.

Y si todo lo doy, ¿Cuál fue el error?
Yo me quedo calmada y concentrada,
fabricando mi mejor versión,
lo que tenga que pasar ya pasó.

Elijo imaginar con paciencia,
con prudencia y elocuencia,
el amarillo de mis reflejos,
el volcán de mi intuición.

Y aunque existen muchas cosas que no entiendo,
sereno se queda mi intelecto,
la motivación del comportamiento,

la venganza y el dolor,
causada por espejismos
cuando encienden su clamor.

Rompiendo los límites,
acá se termina la serie,
yo me quedo como observadora
calmada y paciente,
y en reposo me voy convirtiendo,
en un lucero más sonriente.

Sanación

*Una sala pintada de blanco,
dos sanadores saltando.
Escucho miles de voces gritando,
miles de manos aliviando.*

*Qué curiosa forma de conectarse tienen
estos seres,
altamente extraterrestres,
extrayendo mis largas lombrices,
acumuladas por cientos de meses.*

*Me tumbo arriba en la camilla,
entregada a la sanación,
al tiempo y a la energía,
al sonido de la curación.*

*Y me resolví sobre el planeta,
desdoblando mi corazón,
bien arriba en el espacio,
buscando una nueva misión.*

*Empiezo a crear verdes lazos,
anclando mis raíces a la tierra,
compartiendo varias de tus cuerdas,
y expandiendo la vibración.*

Escucho delfines cantando,
escucho tu voz guiando,
me mantengo reposada en alivio,
entregando mi alma al equilibrio.

Siento el grato magnetismo,
Siento la cordura desierta de martirios,
sanando entre bellos lirios.
Y rodeada de maestros indios,
me transformo en un gran aluvión.

Amor extinto

Tu y yo éramos unos niños deprimidos,
intentando pertenecernos;
buscándose,
pero nunca alcanzándose.

Un malestar contra la propia existencia,
una disconformidad,
que nos costó muchas promesas.

Tal vez no dejamos que entrara la alegría,
esa que se suponía,
tendrían a diario nuestras vidas.

Solo sé que algo sucedía,
un desapego,
un desinterés,
una suave melodía.

No hubiese resultado
aunque hubiésemos querido,
yo no podía sacarme la pena del ombligo,
ni tu borrar su color azulado.

Te dejé por ansiosa,
porque no había magia en nuestro andar,
te dejé para que creciéramos
y pudiéramos volver caminar.

Agradezco los años de tranquilidad que me
diste,
el estar rodeada de tus brazos,
el sentirme segura y cubierta de río en mis
días más grises.

Tú apaciguando mis mares,
yo activando tu vehemencia,
nos quedamos aferrados a tantas tristezas,
perteneciendo en indiferencia.

Nuestros caminos se entrelazaron,
a ratos en llamas,
pero nunca nos quemamos,
y agradezco esa parte de la trama.

Y ahora que no te tengo
vuelven las tormentas a nacer,
de los antiguos fantasmas,
de violetas que aparecen al anochecer.

*No me queda más que cocer mis propias
grietas,
y disculparme por el daño que te pude
hacer.
Espero que recuerdes los años en que
fuimos felices,
y así yo también los recordaré.*

*Lamento haberte presionado
al no darme lo que necesitaba,
o eso creía o pensaba,
pero no estaba segura de estar viva,
entre tantas siluetas vacías.*

*Egoísta de mi parte pretender que tú
podías,
sanar y llenar los vacíos que me dejó el
infierno,
y ahora que se acerca el frío invierno,
solo vives en mis fugaces recuerdos.*

*Lamento haberte dejado de esa forma,
pero un demonio agresivo y violento
con su voz me impedía hablar,
estirarme y actuar.*

Sigo luchando contra él hoy día,
a veces me gana, a veces me derriba,
la hierba alta me ayuda con el llanto,
y ahora cada vez lo veo menos cuando
canto.

Mateo Benito sigue conmigo,
vemos pájaros cantar,
a veces se me esfuma la alegría,
a veces no puedo respirar.

Sin embargo, no busco culpables,
solo quiero olvidar el origen de mi desvelo,
para el día de mañana cuando eche
vuelo,
ser indestructible, serena y libre.

No puedo volver atrás, aunque quisiera,
cada día amanezco distinta,
te agradezco por todo tu amor,
por todo tu tiempo, por toda tu tinta,
y por la forma en que me amaste y
cuidaste
en mis momentos de contraste.

Te deseo lo mejor en tu nueva senda,
sigue adelante,
que yo también haré lo mismo,
con un mejor semblante,
más elegante con un amante,
más llena de energía;
y desde ahora en adelante,
seré radiante como diamante.

Placeres

Contando las delicias,
que caen en mi gracia,
me divierto y deleito
con aventuras y audacias.

Nobles gentiles
dándome sus gemas,
emanando de placer
la punta de mis yemas.

De un salto recordando
cuando tus besos llenaban mi cuello,
mi columna pegada a tu firme torso,
y tus brazos rodeando mi gozo.

Bailando solos,
en la pista lanzo los dados,
espero tener suerte en este costado,
para que nunca te alejes de mi lado.

Nos resguardamos entre gafas de sol,
entre tanto indiscreto observador.
Si te mueves, me muevo contigo,
disfrazados entre sutiles giros,
tus ojos encontrándose con los míos.

El placer de la ducha caliente,
cuando la temperatura del globo
desciende;
quedo purificada en resplandor,
con tus dedos siempre tan exigentes.

Sumergidos en sábanas limpias,
después de inhalar el vapor,
desde las milagrosas y poderosas islas,
de tu fuerza tomando el control.

Oliendo césped recién cortado,
nos arropamos del desafecto,
ansiosa espero tu tibio abrazo,
y que te decidas por mi frágil trazo.

Un día soleado bajo la sombra de un
hermoso árbol,
le devuelve semanas a mis meses;
quiero salir victoriosa de nuestros reveses,
y rodearme de antiguo mármol.

La acidez de limones recién exprimidos,
me hace danzar descalza hasta caer de
cansancio,
hasta que nos quedamos por fin juntos
dormidos,
hasta darle pasión a mi pálpito.

Melena

Rogando a los dioses
que crezca mi cabellera,
que se enanchen mis caderas,
y que tu amor por mí no muera.

Rogando para que mis recuerdos,
y la información que en ellos se almacena,
no se escape con ningún hilo travieso,
anticipando cualquiera de mis tropiezos.

Imploro por las buenas decisiones,
que surjan del largo de mi pelo,
que ninguna idea desaparezca,
cuando el peine las arrastre desde mi cielo.

Comprendiendo mejor todos los versos,
inmersos en los procesos,
rezo para que los tallos se vuelvan más
gruesos,
e imperturbables a los sucesos.

No dejes que se caigan como el amor mío,
porque ya tuve suficientes perdidas.
Por favor no dejes ningún poro vacío,
ni un capilar sin precisas replicas.

*Refuerza aquel color que se haya
desvanecido,
no dejes sin cuidado mi terca cabeza,
mis cabellos son mis fibras, mis destrezas,
y también mis armonías y certezas.*

*Quiero enredarme el pelo a mi manera,
y que el dorado siga su fina ladera,
dame ondas para no olvidar de dónde
vengo,
dame una frondosa primavera.*

*Que crezcan las curvaturas del tiempo,
que crezcan enredaderas paralelas,
creando nuevas redes, nuevos sueños,
creando moños altos y risueños.*

*Que ningún ser logre ocultar mis trenzas,
las quiero largas y peinadas con mucha
fuerza.
Que ninguno logre sacarme el cintillo,
sin primero entregarme el colosal anillo.*

*Hazme hermosa, dale brillo a cada rosa,
haz mi melena mucho más sedosa,
para así nunca perder la entereza,
ni la valiosa naturaleza.*

*Y así con mi melena le hablaré al mundo de
rebeldía,
del poder de la amistad,
del amor,
de la lealtad;
de los años que esperé que me creciera
y que de pronto, con algún pretexto, de
pronto, tú, volvieras.*

Miles

Miles de letras brotando por mis dedos,
canciones talladas con pinturas violentas,
versos escritos bajo la luna llena,
frases pensadas desde otras eras.

Libros amontonados en repisas de madera,
vidas aferradas a la inexistente materia,
muchos creyendo pertenecer a algún sitio,
otros apartando al mundo desperdicios.

Miles de errores de conceptos,
manchas que estallan empañando las
verdades,
cientos de fundamentos,
medios encubriendo falsedades.

Millones de estrellas en el cielo,
con su fulgor sanando mis dolores,
miles de imposibilidades en mi cabeza,
trayendo esperanza y vivaces riquezas.

Miles de viajes sin destino,
cientos de poderes rebotando en el umbral,
dispuestos en todos los rincones,
aguardando un espacio monumental.

*Escuchando el viento me siento a ver cómo
pasa el río,
intentando darles verano a mis versos,
cientos de desvaríos,
abro docenas de botellas de vino,
soñando con miles de tus besos.*

Mi prólogo

La muerte es la única certeza que tenemos,
a lo que inevitablemente estamos
destinados,
un resultado con cien porciento de
probabilidad de éxito,
una experiencia impostergable.

El tiempo;
nuestro bien más preciado frente a esta
certeza,
tic-tac,
¿Cuánto tiempo llevas consiente?

La energía;
condicionada por tus pensamientos,
influida por el ambiente,
una sensación subjetiva de un estímulo real,
¿Es real la realidad?

¿Qué es lo que te pertenece?
Un grado académico,
tu propia vida,
tus decisiones o creencias.

¿A qué le tienes tanto miedo o rabia?
A despertarte vacío por las mañanas,
al vacío que el reconocimiento o el dinero
no pueden llenar,
y buscas más y más,
y nunca estás satisfecho,
llenarte de lujos,
de propiedades, de más vacío.

Les tengo una noticia,
están hechos de vacío.

Disfrútalo.
Déjate sumergir.

Imagina mirar la inmensidad del universo
con un lente con otro enfoque,
con otro aumento,
uno que apunta hacia dentro,
demoliendo todos los bloques,
demoliendo todos los cuentos.
Amanezco.

Los vacíos

Baldes colmados con ego.
Atestados por valoración en exceso;
la experiencia que estoy proyectando,
la experiencia de los venerados pesos.

Mi reflejo,
mis condiciones,
mis acciones,
y mis contradicciones,
me niegan el vuelo,
mi anhelo y consuelo.

Un velo de terciopelo,
le da elegancia a mi duelo,
me cubre el rostro de las marcas del
desvelo,
y de las huellas que dejan el corazón
herido.

¿Qué visualizo cuando te veo?
¿Por qué estás luchando?

¿Qué mueve tu vida?
¿Qué mueve tu alegría?

¿Por qué respiras tan lento?

Se me esfuma la energía,
los placeres y los recuerdos.

Empapada de los votos
de una creencia honorable,
rescato los manojos,
de muchos otros cobardes.

Te vuelvo devoto
a la fiesta de mis sesos,
llenando tantos otros ingresos,
llenando cuentas con millones de pesos.

Y la ambición carcomiéndote los huesos,
transforma nuestras almas en líquido
espeso.

El ego y el narciso

Esto ya lo había hecho antes,
durante demasiadas estaciones,
y la paz tornando emociones,
en minuteros y canciones.

La filosofía y las cuestiones,
descontrolan el tiempo,
los intervalos, los argumentos,
de mis construcciones, de mis razones
cuando me miro frente al espejo.

Equilibrando mi superficie,
queda mi cuello convexo,
en ilusiones del pasado,
en ilusiones futuras,
en ideales y nuevas culturas.

Haces lo que quieres
y dejas que el resto lidie con los daños,
sin interés en la jerarquía,
sin interés por la vida.

Cálmate y dame besos,
basta de pelear,
basta de vender metales,
piedras y cristales.

Una sustancia inexpresiva,
tensando la narrativa,
será la sobrestimación,
o la profunda necesidad de atención.

Ya no recuerdo cómo llegué,
ni tampoco sé cómo me voy,
pero de algo sí estoy segura,
con la espalda recta
y llena de movimiento;
con el alma limpia
decorada en valor.

Dejando la evasión
y sus teorías,
planeo una coraza para mi corazón,
para que no cualquiera me quiera,
para que no cualquiera me encuentre,
solo el que está permitido
mediante cálculos y dígitos,
de fórmulas conspirativas,
mediante probables contextos,
mediante perspectivas.

Y dime que me quieres todavía,
y que piensas en mi puerto,
mezclando tus éxitos con los míos,
mezclando sus bellas melodías.

Ahora desperté aquí,
quizás después estaré por tu casa,
tomando la iniciativa,
las ilusiones y las fantasías;
por fin disueltos mis tormentos.

El ego me sostiene,
y ahora utilizo mis horas
en calcular la distancia entre planetas,
entre cometas,
entre universos;
observando puntos luminosos,
parada en otro momento.

Dime ¿Dónde y cuándo se acaba?
Dime ¿Hasta cuándo te espero?
Dime qué hacer para tener la cola
bronceada,
el solcito, la alegría,
y el perímetro cubierto.

¿Te sientes seguro?
Dime qué hago para besarte de nuevo,
para toparme con tu ego,
para verte seguro y narciso,
con la cadera en el piso y tu sed en sosiego.

Días grises

En tu ausencia me convertí en la poeta más
productiva,
con la máxima eficiencia,
aumentando mis cifras,
equipada en pulseras.

Me fui a recorrer el mundo,
para intentar olvidarte,
me topé con algunos amores,
y otros que osaban en imitarte.

Seguramente tuviste que cambiar de truco,
como lo haría un gran mago,
que conoce todos los embrujos,
con los que caigo a su lado.

Demasiados días grises,
demasiados azulados,
sin verano entre mis versos,
sin estrellas alumbrando.

Y solo a ti te culparía,
porque ninguno entra en tu liga,
de todas tus condiciones la espiga,
crece generando resultados.

Una llamada telefónica,
un mensaje,
un aviso,
un visado,
algún punto de encuentro,
un momento en el paraíso,
y hubiese aceptado el compromiso.

Una comida servida,
con el despacho incluido,
cruzando la puerta y los cercos,
a pasos, a centímetros de tocar nuestros
cuerpos.

Indescifrable sin el código correcto,
encriptada en tantas contraseñas;
que se active la compuerta secreta,
que se beba la poción completa
para convertirse en poeta.

Comparando vectores
podemos ser también amigos,
reposteros cubiertos de chocolate,
amorosos repletos de mimos.

Hasta que mi cerebro consuma el azúcar,
y descubras mis verdaderas intenciones,
me quedaré rebosada en dulzura,
con algo de mi locura,
esa que alimento a gotas de ternura,
esa que todavía no alcanza la censura.

Puede que me crezca la panza,
irónicamente, engendrando los hilos,
mansa en un propósito,
histérica por los kilos.

Mas relajada y sana,
comiendo hamburguesas veganas,
y con la dicha de quebranto,
apartando el gris de mi encanto.

Libertad

Sueño con animales,
y la libertad de su andar,
sueño que los libero,
de su trágico pesar.

Libres por los campos,
libres de la producción,
basta de violencia,
y de explotación.

Dales lo que sea para que se detengan,
creyendo ser inmortales,
creyendo que no hay consecuencias
espirituales,
en hacer lo que están haciendo,
y lo que creen que están protegiendo.

Aterricé un día en la tierra,
en la grata naturaleza,
se abrió el paracaídas,
y ahora me dirijo a la salida.

Desorientada,
recito las mágicas palabras,
y el pasadizo se hace verdadero,
verdadero, igual como el juego.

Un shock de adrenalina,
intensidad para mis días grises,
cruzo rápido la esquina,
y en todos los países aparecen tus matices.

Rodeada de horizonte,
sueño con el bosque,
atenta me acuesto vestida,
y esperando la subida me quedo rendida.

Tengo verde el corazón,
como las ramas de los árboles,
que me libran de los dolores,
y me quitan los temblores.

Rodeada de madera,
sueño que libero animales,
sueño que somos todos iguales,
y atraída por un presentimiento,
caigo de nuevo en tu cuento.

Casi ni como,
y el concepto de bien y el mal me parecen
subjetivos,
después de las joyas, brillos, luceros,
después de ver estrellas con sus nombres
enteros,
después de acciones y financieros.

Miserables llenos de vacíos,
llenos de amores no correspondidos,
no pueden con su propia existencia,
no pueden con su agitada conciencia.

Llega el escuadrón.
Tengo pánico.
Me deslizo
y me lanzo al que lleva la gorra,
al capitán del vuelo,
liberando el fuego de la divinidad
aprisionada,
la genio deseada, es liberada.

Llena de jarrones y frascos de vidrio,
clara viendo la aurora,
apagando el sufrimiento,
solo porque alguien tenía que hacerlo,
solo por verlo.

El poder de convencimiento,
y el discernimiento,
para que el truco cruel se acabe,
evitando las muertes banales,
que me dejan las vocales.

*Me libero de las cosas materiales,
de los ritos y mitos,
y del invierno en mis escritos.*

Magnolias

Bajo un sauce o bajo roble,
al fin podré descansar,
rodeada de flores,
de pétalos blancos,
de margaritas y girasoles.

Admirando su follaje,
¿Qué más se puede pedir?
Bajo su sombra sencilla
retengo la cosquilla
en el helecho de mi costilla.

Me resigné a no tener fuente ni corretaje,
a no ver a las masas tan frecuentemente,
a vivir sin un carruaje,
y a querer más a mi ambiente.

Siempre y cuando me rodee el bosque,
cuando pueda ver el sol salir por el
horizonte,
reposar en la orilla de la playa,
dejando estelas por donde vaya.

Sin miedo a perder,
a veces prefiero la mala memoria,
así me duelen menos los colores,

las ilusiones y los amores.

Ahora estoy adquiriendo virtud,
morfina para mi actitud,
opioides para mi gesto,
amapolas para dar movimiento,
y violetas adornando mis momentos.

Con cada bocanada siento un nudo desatar,
aunque a veces no lo soporte,
aunque a veces me cueste respirar.

Sigo volviendo otra vez,
enfrento la estrechez,
de mis venas, de los dedos de mis pies.

Porque nací valiente,
a ratos insurgente,
activa y clemente.

Porque en verano e invierno hago florecer hibiscos para ti,
deseo darte hermosas magnolias la primavera siguiente.

En la nada,
me sentaba en el patio de la casa de
mama.

Cuestionamientos, lamentos,
sin un patrón palpable,
lo único constante eran las flores de hibiscos
del jardín de mama.

En verano florecieron sus flores,
así como mis sueños y esperanzas
plasmadas en letras,
y mi fuerza vi nacer con este primer libro,
más metas.